Título: O senhor do seu nariz e outras histórias

Fotografia da contracapa: Cristina Pinto e Pinto
Impressão e acabamento: EIGAL – Indústria Gráfica, S.A.

1.ª edição na ASA: agosto de 2010
14.ª edição na ASA: outubro de 2021 (reimpressão)
[13.ª edição conforme o Acordo Ortográfico de 1990]
Depósito legal n.º 431165/17
ISBN 978-989-23-0992-7

Edições ASA II, S.A.
Uma editora do Grupo Leya
Rua Cidade de Córdova, n.º 2
2610-038 Alfragide – Portugal
Telef.: (+351) 214 272 200
Fax: (+351) 214 272 201
edicoes@asa.pt
www.asa.pt
www.leya.com

Biblioteca **Álvaro Magalhães**

O senhor do seu nariz
e outras histórias

ilustrou

João Fazenda

ASA

O senhor do seu nariz

Custou-me muito nascer. Estava tão bem desnascido, aconchegado, sem ter nada que fazer. Mas tinha de ser.

Foi então que apareceu a fada. Tinha duas asas fininhas que a mantinham no ar e trazia uma saia cor-de-rosa, muito rodada, que já não se usava.

Não foi convidada mas apareceu. Foi o que lhe deu. Pousou a mão na minha testa e disse:

– A vida deste rapaz vai dar para o torto.

– Não diga isso – pediu a minha mãe, muito aflita.

– Digo, pois – voltou a fada. – Ele terá um nariz do tamanho de um chouriço. Por isso...

E foi mesmo isso que aconteceu. O tempo ia passando e o meu nariz crescia mais depressa do que eu. Quando parei de crescer tinha um nariz a perder de vista, mas continuava otimista. Um nariz do tamanho de um chouriço? Podia ser pior, dizia eu. E agora pergunto: não era pior se fosse do tamanho de um presunto?

Era desagradável ser tão diferente do resto da gente, mas que havia de fazer se era esse o meu destino? Quanto ao meu nariz imponente, também era pesado e obrigava-me a andar inclinado para a frente. Tinha dores nas costas desde pequenino.

E não era em todo o lado que cabíamos os dois. Havia sítios onde só ele ia. Eu esperava, cá fora. Ou vice-versa. Tanta vez que isso aconteceu: ou entrava ele ou entrava eu. E não era só isso. Ele chegava antes de mim a todo o lado. Quando eu entrava já ele tinha lá estado. Era aborrecido, não digo que não, mas habituei-me, que a gente habitua-se a tudo. Até a um nariz do tamanho de um chouriço. Por isso…

Aliás, também havia coisas que corriam bem e chegavam para me fazer feliz. Nas corridas, por exemplo, ganhava sempre por um nariz. E, claro, cheirava como ninguém, pois então. As pessoas cheiravam o mar, os bosques e as flores, eu cheirava o mar, os bosques e as flores, como nem o mar, os bosques e as flores sabem que são. Mas havia mais: para saber o que estava a acontecer bastava-me cheirar. E sabia o que em cada casa, nesse dia, havia para o jantar. Se me esforçasse e cheirasse mais forte, mais fundo, era capaz de perceber o que alguém estava a fazer num recanto qualquer do outro lado do mundo.

Custa a acreditar, mas é verdade. Aliás, bastava-me cheirar quando estava esfomeado. Fechava os olhos e para ali ficava, a saborear aquilo de que mais gostava. Chegava a ficar enfartado.

Porém, nem tudo corria bem. Com um nariz tão grosso e tão comprido, nunca passava despercebido. Estavam sempre a olhar para mim e a apontar-me um dedo. E as crianças fugiam quando me viam, cheias de medo. Os outros também. E não era esse o único inconveniente. Também derrubava as pessoas quando me virava de repente. Talvez por isso, pouca gente se chegava a mim, ou passava perto, e sítio onde eu chegasse logo ficava deserto.

As pessoas diziam que eu metia o nariz em todo o lado, mesmo onde não era chamado. Ninguém gostava. Mas que havia eu de fazer? Ele era o primeiro a chegar. E cheirava, cheirava. Ficava logo a saber se as pessoas tinham tomado banho naquele dia, ou mudado a roupa interior, o que tinham almoçado e por onde tinham andado. Se não estivesse constipado e a fungar era até capaz de cheirar o que elas estavam a pensar. O problema, diziam as pessoas, não era ser do tamanho de um chouriço. Era ele ser metediço.

Eu é que tinha de o carregar, de espantar os pássaros que nele pousavam e os ratos que o queriam roer, à noite, sem saberem que me estavam a roer a mim, e os outros é que se queixavam, mas enfim.

Estava visto que o mundo não era feito para gente com um nariz assim, do tamanho de um chouriço. Por isso, fui-me afastando e acabei a viver sozinho no cimo da serra, numa velha casa abandonada. Foi por acaso que dei com ela. Mas era tão pequena que a ponta do meu nariz ficava fora da janela. Passava o inverno coberto de neve.

A minha vida estava mesmo a dar para o torto. Como dissera a fada. Mas eu não me queixava. E não desistia nem desanimava. Não tinha nada de meu, só era senhor do meu nariz, e, mesmo assim, era feliz.

Até que, certa manhã, apareceu lá em cima o carteiro da cidade. Ia levar uma carta, já não sei de quem porque ninguém me escrevia.

– Como vai a vida lá em baixo? – perguntei.

– Vamos andando. Tudo normal.

– Eu sei. Perguntei por perguntar. É vontade de falar. Porque isso sei eu. Olhe, agora mesmo, sabe o que está a acontecer?

O carteiro sorriu. Como havia ele de saber? Eu prossegui:

– Está um bolo de mel e nozes a queimar no forno, ali para os lados da Praça das Flores. Acho que é para aí…

– Como é que sabe?

– Cheira-me a queimado para esse lado.

– Às tantas é a minha mulher. Não tem cuidado.

O carteiro pôs logo os pés ao caminho.

– Espere – disse eu. – Na mata da Pedra Encantada também há uma fogueira que não foi bem apagada. Esta nortada fará dela um grande incêndio. Isso é certinho.

O carteiro fez-se outra vez ao caminho.

– Espere! Ainda não é tudo – disse eu. – O tempo está a mudar e a meio da madrugada chegará um temporal vindo do mar. Não é normal, nesta altura do ano, e quem não proteger os seus bens vai chorar quando acordar.

Ao carteiro custava-lhe a acreditar que eu pudesse adivinhar o que iria acontecer, mesmo que o tivesse cheirado. Mas pelo sim, pelo não, despediu-se e foi andando, muito apressado.

Lá em baixo, deu as notícias do meu nariz e tudo aquilo se confirmou. O incêndio foi evitado e o grande temporal que chegou de madrugada poucos males causou. Só o bolo de mel e nozes é que não se salvou. Quando o carteiro entrou em casa, muito atarantado, já ele estava esturricado.

Foi então que as pessoas perceberam que eu, afinal, tinha muita utilidade. E puseram-me ao serviço da cidade. Já que um nariz assim dava tanto jeito, era uma arma, um poder, não um defeito.

Passei a viver na praça principal, num palácio muito espaçoso de paredes acolchoadas (por causa das narigadas). E o meu nariz, que sempre fora famoso, passou de incómodo a delicado e precioso. Era

tão útil que viu, enfim, reconhecido o seu valor. E foi assim que deixei de ser um cheirinhas para ser um cheirador. O Senhor Cheirador. O caminho de casa estava sempre cheio de gente que vinha pedir um favor, ouvir uma opinião. Eu lhes dizia se me cheirava. Ou não.

Até que um dia, a meio da primavera, chegou à cidade um aroma desconhecido. Podia ser uma coisa boa, podia ser uma coisa má e era preciso saber o que aquilo era. O desconhecido é um monstro muito temido.

E o que era aquilo, afinal? Só se sabia que cheirava mal. Queijo, era o que me parecia, mas feito com coisas que cá, na Terra, não havia. E com outra arte. Talvez o fizessem em Vénus, Saturno. Ou antes, em Marte.

– Estamos perdidos – gritou o governador da cidade. – Vêm aí os marcianos! Vão invadir a Terra.

Estava visto que ia começar uma guerra.

Pé ante pé, segui o rasto daquele cheiro, com vários homens atrás, e foi assim que apanhámos um casal de marcianos que estava a fazer um piquenique no sopé da serra.

Assim que viram chegar o meu nariz enfiaram-se num disco voador que, num instante, desapareceu no ar. Só ficou um queijo vermelho com buracos no meio. Cheirava mal, mas era delicioso.

Pelo menos, foi o que disse o Sr. Veloso, o único que teve a coragem de o provar. Comeu até ficar cheio.

E foi assim. Havia quem dissesse que aquilo era o princípio do fim, ou seja, o princípio de uma invasão, e que o meu nariz tinha sido a nossa salvação. Eu acho que não, mas enfim.

Fosse como fosse, fizeram de mim um herói. E o governador da cidade agradecia, ladeado por um padre e um juiz, pendurando uma medalha de ouro na ponta do meu nariz.

O tempo foi passando, ora depressa, ora devagar, sem que nada de especial acontecesse. Até que, numa certa madrugada, cheirou-me a uma coisa que já não me cheirava há muito tempo. Mais exatamente, desde o dia do meu nascimento. Aos outros não lhes cheirava a nada, a mim cheirava-me a pó de fada. Segui o rasto cheiroso e fui parar ao beco mais escuro da cidade, onde encontrei uma fada em muito mau estado. Era uma fada do ar mas estava estendida na lama, incapaz de se mexer. Tinha duas asas transparentes, muito amarrotadas, e trazia uma saia cor-de-rosa, muito rodada, que já não se usava.

– Não te lembras de mim? – perguntei.

Ela disse que sim, a olhar para o chão, talvez envergonhada pelo que tinha feito. E disse, por fim, com as mãos cruzadas sobre o peito:

– Desculpa ter-te dado um nariz do tamanho de um chouriço.

– Deixa lá isso – disse eu. – Até me deu jeito. E agora diz-me: o que te aconteceu?

– A minha vida de fada deu para o torto. Não sei porquê, esqueci-me do sítio onde fica a porta no ar por onde costumo passar. O que havia de me acontecer! E logo hoje que tinha lá tanto que fazer.

– E agora?

– Não consigo regressar e o meu corpo de fada está a definhar. Acho que vou morrer.

– Não se te mexeres. Quem não se mexe emperra. Se não podes ser fada e voar e passar por uma porta no ar, aguenta-te em terra. Gostas de sopa de ervilhas e hortelã? E de pão fresco pela manhã?

A fada não sabia se gostava nem se lhe apetecia. Só queria um sítio calmo e limpo para morrer. Mas apreciou a sopa de ervilhas e hortelã que lhe preparei. E que a fez renascer. Na manhã seguinte, também apreciou o pão acabado de cozer. E o sabor do leite não era pior. Para ela era tudo novo, era tudo bom, mas podia ser ainda melhor.

Por isso, passou a cozinhar à sua maneira, usando uns pozinhos que voavam no ar da cozinha. Pão de fada, cozido de fada, salada de fada, bolinhos de fada. Não vos digo nada! Aquilo não era uma fada do ar, era uma fada do lar. E era só minha.

– Além de ti, ninguém me pode ver ou será o meu fim – disse ela abraçada a mim.

E foi assim que nunca mais se abriram as portas e as janelas da minha casa. Além disso, deixei de receber visitas e mandei levantar ainda mais os muros do jardim. Mas aqueles aromas escapavam pelas frinchas de portas e janelas. As pessoas paravam de caminhar na rua e ficavam com o nariz no ar. Nunca ninguém tinha cozinhado tão bem. Logo, ali havia qualquer magia, qualquer feitiço. Não era preciso ter um nariz do tamanho de um chouriço para dar por isso. E, um dia, um rapaz mais curioso e mais destemido saltou o muro e deparou com a fada, que andava no jardim, a colher verduras para o jantar.

– Ah! Uma fada do ar! – disse ele, muito espantado. – O que está ela aqui a fazer?

A notícia deu a volta à cidade e todos a queriam ver.

– Tenho de partir ainda esta noite. Ou estarei morta ao amanhecer – disse a fada a chorar. – Mas já não sei onde guardei as asas, nem onde fica a porta no ar.

Levei-a até à montanha, a um sítio onde, de vez em quando, também me cheirava a pão de fada, a cozido de fada, a salada de fada e a bolinhos de fada.

– Sempre que passo por aqui lembro-me de ti.

– E não dizias nada!?

– Não queria que te fosses embora. Mas agora…

A ela não lhe cheirava a nada, mas apalpou o ar em volta e encontrou o que procurava.

– A porta no ar. É aqui. Já posso passar.

Na hora da despedida, a fada agarrou-se ao meu nariz a chorar, muito comovida.

Dizia ela:

– Devo-te a vida. Este nariz foi a minha salvação.

– E a minha, não?

Ela nem me ouviu. E continuou:

– Agora sei porque assim te fadei, eu que nunca tinha feito mal a ninguém. Era para meu próprio bem. Às vezes, as fadas também sabem o que vai acontecer. Sabem mas não sabem que sabem. Percebes? Sabem sem o saber.

Eu também estava comovido, não o posso negar, e o meu nariz começou a fungar.

A fada afastou-se para não se molhar e prometeu voltar todos os domingos de madrugada para fazer comida de fada e matar saudades.

Quando ela abriu a tal porta saíram de lá tantos perfumes intensos e diferentes que o meu nariz se pôs a tossir.

Ela começou a rir. Depois deu duas voltas no ar e voou como só uma fada sabe voar.

– Até domingo! – disse ela antes de fechar a porta no ar.

E eu:

– Não venhas tarde. Mal posso esperar.

Onde está a felicidade?

Onde está a felicidade? Ninguém sabe onde ela para ou onde se pode encontrar. Há quem diga que não está em nenhum lugar e que simplesmente acontece. E, no entanto, em algum sítio há de estar. Não lhes parece?

Às vezes está tão perto, tão à vista, que nos passa despercebida e outras tão distante, tão escondida nesse tal lugar, que uma vida não chega para lá chegar.

Há os que pensam que só a encontramos se não a procurarmos. Nem pensarmos nisso. E os que estão convencidos de que é preciso procurá-la sem cessar. Por isso, ouçam agora a história do Sr. Pascoal, que vivia desde menino numa aldeia pequenina, à beira-mar. Era um belo sítio para se morar, já se vê, e ele sentia-se bem, mas faltava-lhe qualquer coisa, não sabia o quê. E essa qualquer coisa, achava ele, era a felicidade.

Fez então as malas e saiu de casa à procura dela. Foi de aldeia em aldeia, de vila em vila, de cidade em cidade, e encontrou tudo o que procurava, tudo menos a felicidade.

«Isto é bonito», dizia ele para ninguém. «Mas ainda não é aqui que me sinto bem».

Decidiu então partir para mais longe. E foi assim que deu várias voltas ao mundo e conheceu cada recanto de tudo o que existia, dos bosques da Noruega às montanhas do Japão. E viu coisas de pasmar, a felicidade é que não.

Mesmo assim, continuou a procurá-la, viajando sem parar, sim, porque em algum sítio ela havia de estar.

E estaria? Já vamos saber. O tempo, como sabem, passa a correr e, um dia, o Sr. Pascoal percebeu que estava a envelhecer. Tinha os cabelos brancos, as pernas fracas, os ossos doridos, a vista cansada. Andara muito nesse dia e parou em frente de uma velha casa abandonada.

Os vidros das janelas estavam partidos, a poeira invadia quartos e salas, o mato cobria o jardim.

Ele olhou aquilo e pensou assim:

«Nesta casa, desprezada e sem dono, vou construir a minha felicidade.»

E consertou o telhado, pôs vidros nas janelas, pintou as paredes, cuidou do jardim.

«Agora sim», pensou ele por fim. «Aqui está um bom sítio para se morar».

Sentou-se então num sofá da sala, em frente à lareira, a descansar.

«Que bem que eu me sinto», disse para si.

E percebeu então que aquela estranha sensação de bem-estar era esse não sei quê que ele tanto procurara: a felicidade. Estava ali.

«Finalmente encontrei-a», gritou o Sr. Pascoal, muito entusiasmado.

Estava tão contente que se pôs aos saltos e veio para a rua festejar, esquecido já da sua idade. Reparou então que estava na aldeia de onde partira há muitos anos e que aquela casa era a sua própria casa, a mesma que ele abandonara para procurar a felicidade.

Romance de Pedro e Inês

Era uma vez um rapaz chamado Pedro e uma rapariga chamada Inês, que nasceram um para o outro e se encontraram uma só vez.

Foi numa tarde de chuva, num centro comercial. Acenaram um para o outro quase sem querer, como se já se conhecessem muito bem. E conheciam. Ele conhecia-a dos seus sonhos, ela também.

Reconheceram-se entre tanta gente, só que iam em escadas rolantes que seguiam em sentido contrário. E foram em frente. Cada um rolou para seu lado, pois então, ele saiu no primeiro andar e ela saiu no rés do chão.

Voltaram ambos atrás para se voltarem a ver, mas ele tropeçou nos atacadores dos sapatos e, naquele momento, desviou o olhar. E ela? Ia atenta, mas entrou-lhe um mosquito para um olho quando ele ia a passar.

Não se riam que esta história é triste, é a história que ficou por fazer e por contar, não se chegou a cumprir. É para chorar, não é para rir.

Ora bem, Pedro e Inês eram quase da mesma idade e moravam na mesma rua da mesma cidade. Ele era um rapaz alegre e desenvolto, muito dado, mas um bocadinho aluado. Ela era bonita, tinha uma longa cabeleira negra, aos caracóis, e dois olhos verdes muito vivos, de pardal. Mas era um bocado surda e também via mal.

Pedro e Inês eram feitos um para o outro, isso é verdade, mas a vida não estava feita para eles, ou não lhes fazia a vontade. Queria lá saber! E quando é assim, não há nada a fazer.

Certa vez, em Paris, foi por um triz que ela não passou diante do seu nariz. De outra vez, no Rio de Janeiro, chocaram de frente no meio do nevoeiro (e logo lá, que nunca há nevoeiro; tenho a impressão de que aquele foi o primeiro). Nessa altura, cheirou-lhes a qualquer coisa de importante e familiar. E o nevoeiro estava a levantar. Mas ela estava sem óculos e ele estava sem tempo, cheio de pressa.

– Desculpe – disse ele.

E ela:

– Ora essa!

De outra vez, foram ao mesmo funeral. Porém, ela chegou mais tarde por causa do trânsito e ele foi embora mais cedo por se sentir mal.

De outra vez ainda, Inês pôs um anúncio num jornal, o que Pedro lia todos os dias, mas, nesse dia, ele não o comprou. Já sei, foi azar. E daquela vez em que ele foi falar à televisão, ao programa que ela via todos os dias? Era uma noite de tempestade, houve uma quebra da eletricidade e a televisão dela avariou. Já sei, foi outra vez azar. Mas era sempre assim. Não havia hora ou lugar onde aqueles dois se pudessem encontrar. Onde ela ia ele não ia. Ou então entrava quando ela saía. Ou

então ia a olhar para o lado e não a via. Ela não existe, pensava então. E, daquela vez, era apenas um fantasma ou uma visão.

Digo-vos isto: ser é ser visto. E se ele não a via, então ela não existia. Nem existia ele para ela porque também não o via.

Era uma vez Pedro e Inês. Para eles foi mesmo assim, só uma vez, sem antes nem depois. E nem por um momento o mundo se deteve para que nele coubesse o sonho daqueles dois.

Estão quase a chorar? É o que eu pensava, mas olhem que a história ainda não está acabada.

O tempo foi passando, eles também, que o tempo empurra as pessoas para a saída. De quê? Da vida.

Ora bem, Pedro e Inês, que viveram tão desencontrados, morreram no mesmo dia, à mesma hora, e foram embora. Cruzaram-se no cemitério municipal ao entardecer, mas iam ambos de olhos fechados. Não se puderam ver.

Ficaram a repousar eternamente (é assim que se diz), lado a lado, e quando acordaram deste sonho mal sonhado talvez se tenham, enfim, reencontrado e começado outra história mais feliz. E era outra vez Pedro e Inês.

Ou será que ela estava alheia, deitada de lado, e ele não estava para ali virado?

História do cortador de pedra

Ouçam agora a história de Ludovico Saavedra, que era um cortador de pedra. Não um qualquer, mas o melhor de todos. Diziam que tinha a força de vários bois. Aplicava uma pancada certeira no meio do rochedo mais duro e fazia-o em dois.

Era forte, muito forte, e saudável também. Além disso, a vida corria-lhe bem. Porém, nada disso o consolava e ele chorava, a lamentar-se, noite e dia.

O seu anjo da guarda já não o podia ouvir. Um anjo também se aborrece quando o impedem de dormir. Vai daí, apareceu ao jovem Ludovico numa noite de temporal. Veio a cavalo num relâmpago e aterrou no meio do quintal.

– És jovem, belo, forte e saudável. A vida está à tua frente. Porque vives a reclamar? – perguntou o anjo.

– Porque não é este o meu destino. Tenho a certeza. Devia ter seguido outro caminho.

– Qual?

– Um mais de acordo com a minha natureza. Aspiro a mais poder, a mais riqueza. Vês aquele homem que vai ali a passar? É rico e poderoso. Tem criados, palácios, joias, propriedades. Não precisa de suar ao Sol ou gelar ao frio para ganhar a vida.

O anjo ficou triste por ver tanta ambição sem medida.

– É então isso que queres? – perguntou ele.

– É verdade. Quero ser rico e poderoso. Depois logo se vê.

– Assim será – disse o anjo, que tinha recebido ordens de Deus para lhe fazer a vontade. Nem ele sabia porquê.

Ludovico nem queria acreditar quando se viu no centro de um belo palácio muito bem decorado, com salas forradas de ouro e jardins sem fim cobertos de flores. À sua volta, pronto a servi-lo, estava um exército de servidores. E era tudo dele, Ludovico Saavedra, que ainda há pouco era um cortador de pedra.

Apesar do conforto do seu palácio, todos os dias ele saía e vinha à cidade para ver os seus companheiros alinhados à beira da rua, e olhava-os com respeito e alguma saudade. Numa dessas tardes, o calor apertava e não se podia suportar. Mesmo debaixo do seu guarda-sol dourado, Ludovico Saavedra transpirava como no tempo em que partia pedra. Houve então um instante em que ele percebeu que, afinal, não era assim tão importante. Acima dele havia príncipes, reis, imperadores. E, ainda mais alto, havia o Sol, que reinava sobre o mundo.

Voltou então a lamentar-se noite e dia, como antes fazia. E voltou a despertar o anjo da guarda que veio a cavalo num relâmpago no meio de um temporal e aterrou no quintal.

Na praia da Galé

Este fim de semana o meu avô levou-me à praia da Galé. Olarilolé!

Assim que pusemos o pé na areia o avô calcou um pedaço de bosta. Eu comecei a rir e ele mandou-me calar. Ficou logo maldisposto, a barafustar.

Quando ele, finalmente, se calou estendemos as toalhas na areia e ficámos em calção.

Disse o avô:

– Que calor. Adoro o verão!

Eu fui comprar um gelado e ele escorreu-me pela mão.

– Sabes nadar? – perguntou então o avô a olhar para mim.

Eu não sabia que não sabia nadar e disse que sim. Lançámo-nos ao mar, a ver o que aquilo dava. Eu não sabia que não sabia e o avô já não se lembrava.

Foi um problema.

– Lembre-se, avô, lembre-se! – gritei eu.

E engoli uma golfada de água.

«Como podia alguém esquecer-se de nadar?», pensei, com a boca fechada. «Se sabe, não precisa de se lembrar. Nada e nem dá por nada. Podemos esquecer-nos de respirar?»

O avô bem puxava pela cabeça. De certeza que um dia soubera nadar. Quando era novo e vivia perto do mar. Mas a água entrava-lhe pelo nariz e pelos ouvidos e não o deixava pensar.

Estávamos naquilo quando apareceu o que parecia ser a barbatana de um tubarão. Foi da maneira que o avô se lembrou de nadar e fê-lo na perfeição. E até eu nadei como se já tivesse aprendido.

Os quatro ladrões

Quatro ladrões que fugiam da Polícia numa noite de tempestade esconderam-se num subterrâneo escuro da cidade. Percorreram túneis e galerias e, por fim, foram parar a uma sala abobadada, com colunas de mármore, esculturas e desenhos coloridos nas paredes.

No centro da sala havia um grande túmulo de pedra muito bem ornamentado.

– Este túmulo é de alguém que em vida foi rico e poderoso – disse um dos ladrões, a sorrir. – Pena estar tão bem fechado. Noutros tempos costumavam enterrar as pessoas notáveis com joias e outros valores.

– Fazíamos bem em o abrir – disse outro, o mais velho, que era também o mais corajoso.

Estavam todos de acordo, ou não fossem eles ladrões, mas a laje era pesada e só depois de muitas horas de esforços a conseguiram mover.

E então os seus olhos cobiçosos viram o que eles mais queriam ver. Dentro do túmulo repousava o corpo de um homem que tinha sido enterrado com o seu tesouro: joias, pedras preciosas e taças de ouro.

– Estamos ricos. Isto é tudo muito valioso – gritou o ladrão mais novo, que também era o mais medroso.

Talvez por isso, só ele viu sair do túmulo uma pequena luz esverdeada. Pelo menos foi o que pareceu. Ou seria azulada? Bem, era uma luz fraca, quase a desmaiar, que deu duas voltas no ar e desapareceu.

– O que é isto? – perguntou ele, assustado.

– O quê?

– Uma luz esverdeada que saiu dali. Talvez estivesse presa e aproveitou para fugir. Será a alma do morto? Se for, é sinal de que isto vai dar para o torto.

Os outros não viam nada e começaram a rir.

– Uma alma verde? Onde é que se viu? São gases que se acumulam. É natural – explicou o ladrão mais velho. E também se riu.

A luz esverdeada tinha desaparecido, mas voltou a seguir e ficou ali, a pairar. Só que mudava de cor e tanto era verde como azul, lilás ou violeta, ou mesmo amarela. Por vezes, também era de cor de nada e andava por ali sem que se desse por ela.

E, afinal, o que era aquilo?, querem vocês saber.

Perguntam bem. Talvez fosse mesmo uma alma que estava ali fechada, à espera que levantassem a tampa de pedra e a deixassem sair dali para fora.

Mas, então, por que razão não se ia embora?

Também podia ser um espírito guardião de tesouros preciosos que não podem ser violados, devido ao seu valor ou à sua beleza. Embora nunca ninguém os tenha visto, dizem que esses é que são esverdeados, embora, às vezes, também sejam azul-turquesa.

Passaram dois dias e duas noites e os ladrões lá dentro, sem vontade de sair. E não era por estarem rodeados de riquezas. Tinham medo da Polícia, que cercava as redondezas.

«Estamos ricos! Muito ricos!», nenhum deles se cansava de dizer. Mas havia um problema. O homem é um animal que come.

– Estamos ricos mas não temos o que comer – disse o ladrão mais velho. – Ou um de nós vai buscar comida lá fora ou seremos os primeiros ricos a morrer de fome.

– Vou lá eu, se me derem a melhor parte – disse outro dos ladrões, o mais calado, o que nunca tinha nada que dizer.

Os outros ficaram indignados com tal oportunismo; mas que haviam de fazer? Puseram-se de acordo e ele lá foi. Saiu para a rua e, a caminhar na sombra, recolheu a água e a comida de que precisavam.

Quando regressava ao subterrâneo ouviu uma voz que não sabia de onde vinha. Era uma voz fraquinha e arrastada que mal se ouvia.

E que lhe dizia:

– Se puseres veneno na comida que aí levas, os outros morrem e ficarás com aquelas riquezas só para ti. Ou será riqueza a mais para um homem só? Ou talvez não te sentisses bem…

– Não! – respondeu ele imediatamente, embora não soubesse a quem.

Mas quem lhe teria dito aquilo? Era como se lhe estivessem a falar ao ouvido. Só que não estava ali ninguém, apenas a luz esverdeada que, nessa altura, era cor de nada.

O ladrão voltou atrás à procura de veneno e fez o que a voz lhe estava a sugerir. Fosse quem fosse, tinha-lhe dito o que ele queria ouvir. Afinal, era um ladrão, não um homem honesto. Logo, ele ficava com tudo (os outros que ficassem com o resto).

Pouco depois, os outros três ladrões, no seu abrigo, também ouviram uma voz muito baixa que lhes falava ao ouvido.

– Se matarem o outro ladrão, e ele merece ou não quereria ficar com a maior parte, podem ser ainda mais ricos. Ou não vos apetece?

– Quem é que falou? – perguntou o ladrão mais novo.

– Eu não – respondeu o mais velho.

– Eu também não – respondeu o outro.

Nenhum deles falara; mas todos tinham ouvido o que ninguém tinha dito.

– Terá sido o morto? – disse o ladrão mais novo. – Terá acordado?

Olharam para o morto mas ele continuava estendido ao comprido, muito calado.

– Somos nós a pensar alto – explicou o ladrão mais velho. – E a pensar bem. Afinal, somos ladrões, e é preciso ver que ele foi interesseiro. Merece ser castigado.

Os outros dois ladrões começaram a rir. Os pensamentos não se ouvem tão alto, tão bem. Alguém tinha falado. Mas quem? Fosse quem fosse, porém, só lhes tinha dito o que eles queriam ouvir. Afinal, também eles eram ladrões e nenhum deles era um homem honesto. Logo, eles ficavam com tudo (o outro que ficasse com o resto).

Ninguém dera por nada, mas já há algum tempo que andava por ali a tal luz esverdeada.

– Vamos matá-lo – decidiu então o ladrão mais velho.

– Como? – perguntou o mais novo.

– Primeiro tiramos as peças para fora. Depois dizemos-lhe para ir buscar ao túmulo as peças que já lá não estão. Quando estiver lá dentro, retiramos a trave que está a segurar a laje e ele fica sepultado antes da hora.

E assim foi. Quando o outro ladrão chegou fecharam-no no túmulo da forma combinada. Ele bem berrava, lá dentro, mas não se ouvia nada.

– Vamos comer e festejar! – disseram os outros três.

Não era caso para isso, mas foi o que eles fizeram. Comeram a comida envenenada no meio de uma algazarra e morreram pouco depois com grandes dores de barriga.

O outro ladrão gritou dentro do túmulo até se cansar. Não sei bem o que aconteceu a seguir mas é certo que também morreu. Talvez de fome, ele que tinha ido buscar comida.

Quanto ao tesouro, lá ficou, no seu lugar, perto do homem a quem pertencia.

E, no fim de tudo isto, uma luz esverdeada que, às vezes, também era azul, lilás, violeta, ou mesmo amarela, ergueu-se no ar e foi à vida dela.

Índice